LES
QUATRAINS MUNICIPAUX

Rôle d'Équipage

DU VAISSEAU DE PARIS
EN 1878

Par un Conseiller municipal

(Casimir HENRICY)

Dans la galère capitane
Nous étions quatre-vingts rameurs
Victor Hugo.

Prix : 1 franc

PARIS

E. DENTU, ÉDITEUR

LIBRAIRE DE LA SOCIÉTÉ DES GENS DE LETTRES

Palais-Royal. 15, 17, 19, galerie d'Orléans.

LES

QUATRAINS MUNICIPAUX

LES
QUATRAINS MUNICIPAUX

Rôle d'Équipage
DU VAISSEAU DE PARIS
EN 1878

Par un Conseiller municipal

(CASIMIR HENRICY)

Dans la galère capitane
Nous étions quatre-vingts rameurs

.VICTOR HUGO.

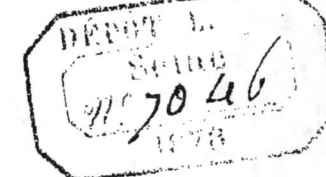

PARIS

E. DENTU, ÉDITEUR
LIBRAIRE DE LA SOCIÉTÉ DES GENS DE LETTRES
Palais-Royal, 15, 17, 19, galerie d'Orléans.

DÉDICACE

A toi, grand peuple de Paris,
Je viens dédier ces esquisses.
Je les place sous tes auspices.
Serai-je la montagne enfantant la souris?

Avec toi j'ai frémi sous de fumants décombres ;
Je t'ai vu triompher privé de tout soutien ;
Dans les jours radieux, dans les nuits les plus sombres,
J'ai senti mon cœur battre à l'unisson du tien.

Vraiment fier de l'honneur insigne
Que tu m'as fait déjà, pour mieux m'en montrer digne,
Toujours dans le Conseil, comme sur le Forum,
Le bonnet phrygien sera mon labarum.

PREMIER ARRONDISSEMENT

I

Quartier Saint-Germain-l'Auxerrois

RÉTY

Avoué de première instance

RÉTY, type de sage et d'honnête avoué,
Qu'à tes nombreux clients on sait si dévoué,
Tu dois à ton quartier, sans être patriarche,
L'inestimable honneur d'ouvrir ici la marche.

II

Quartier des Halles

LAMOUROUX

Docteur en médecine et pharmacien

Par ses sirops, l'aimable et docte LAMOUROUX
Triomphe en un instant des toux les plus rebelles.
A ce magicien il faut recourir, belles,
Qui désirez avoir teint clair ou cheveux roux.

III
Quartier du Palais-Royal

FOREST

Avocat à la Cour d'appel

FOREST a plus de talent que de taille ;

Aussi, lorsqu'il livre bataille,

Pour repousser ou défendre un rapport,

Du succès gagne-t-il le port.

IV
Quartier de la Place Vendôme

BERNARD (MARTIAL)

Négociant, ancien Juge au Tribunal de Commerce

Si de l'esprit de BERNARD Martial

On peut blâmer parfois la fougue et la tendance,

Chacun sait rendre hommage à son indépendance

Et reconnaît qu'il est impartial.

DEUXIÈME ARRONDISSEMENT

V

Quartier Gaillon

MASSE

Avoué de première instance

On est toujours étonné de la masse

D'esprit brillant et fin que l'on trouve chez MASSE.

C'est pourquoi d'une joute il sort victorieux,

Sans se montrer plus glorieux.

VI

Quartier Vivienne

CUSSET

Imprimeur

Sache-le bien, CUSSET, estimable collègue,

Nul parmi les derniers ici ne te relègue.

Des meilleurs sentiments reçois l'expression :

Tu nous as fait à tous très-bonne impression.

VII

Quartier du Mail

THOREL

Propriétaire

THOREL est séduisant par son urbanité,

Sa bienveillance rare et son esprit pratique.

On ne peut supposer que, sage politique,

D'avoir pignon sur rue il tire vanité.

VIII

Quartier Bonne-Nouvelle

MARAIS

Négociant en soie

O MARAIS, puisses-tu m'apporter la nouvelle

Que le dernier des rois s'est brûlé la cervelle !

J'en serais encor plus joyeux

Que toi quand tu vends bien tes écheveaux soyeux.

TROISIÈME ARRONDISSEMENT

IX

Quartier des Arts-et-Métiers

MURAT

Fabricant-bijoutier

Si les charmants bijoux que fabrique MURAT

Sont estimés, est-ce merveille ?

Chez lui tout est loyal : esprit, titre et carat.

Puis, sur la République avec quel soin il veille!

X

Quartier des Enfants-Rouges

CLÉRAY

Fabricant-bijoutier

Renommée, agite tes ailes,

Et fais savoir à tous que, de jolis bijoux

Il faut savoir parer dames et demoiselles.

CLÉRAY de ton essor ne sera pas jaloux.

XI

Quartier des Archives

FRÈRE

Docteur en médecine

Si l'on savait avec quel art il cause,

FRÈRE, et tout le plaisir qu'en parlant il nous cause,

Près de lui l'on verrait tout Paris accourir.

Ah! qu'on dise bien tard le : Frère, il faut mourir.

XII

Quartier Sainte-Avoie

DARLOT

Opticien

Démocrates de Sainte-Avoie,

Criez à l'univers : DARLOT, l'opticien,

A l'art photographique a préparé la voie

Et fait les instruments chers au physicien.

QUATRIÈME ARRONDISSEMENT

XIII

Quartier Saint-Merri

HENRICY (Casimir)

Homme de lettres, ancien sous-préfet

Ardent soldat du droit et de la liberté,

Longtemps traqué, proscrit, méconnu, ton courage,

Pauvre HENRICY, t'a fait enfin vaincre la rage

De la réaction, qui t'a persécuté!

XIV

Quartier Saint-Gervais

LOISEAU

Docteur en médecine

LOISEAU jamais ne peut tenir en place;

Il piétine, va, vient, se balance et s'efface.

Doit-on voir dans ce fait l'influence du nom?

Hippocrate dit oui, mais Galien dit non.

XV

Quartier de l'Arsenal

HARANT

Chef d'institution

Quel que soit l'air qu'HARANT de son pupitre entonne,

Je le dis à regret, jamais sa voix ne tonne.

Très-digne homme d'ailleurs, bien qu'à son sens, parfait

Ne puisse en aucun cas rimer avec préfet.

XVI

Quartier Notre-Dame

MARTIN (CHARLES)

Ingénieur civil

Pour tous, Charles MARTIN sait se montrer affable.

Si ses cuisants produits déplaisent aux marmots,

Du moins il ne dit pas, des meilleurs jeux de mots,

Ce que dit des raisins le renard de la fable.

CINQUIÈME ARRONDISSEMENT

XVII

Quartier Saint-Victor

BOURNEVILLE

Docteur en médecine

BOURNEVILLE a des droits au titre de savant ;

Mais il est trop modeste, et même si timide,

Qu'il n'oserait entrer dans les jardins d'Armide !

Quant à moi, je voudrais qu'il parlât plus souvent.

XVIII

Quartier du Jardin-des-Plantes

COLLIN

Chef des Ateliers de tapisseries aux Gobelins

Sachons nous abstenir de la plaisanterie

De discourir sur l'art de la tapisserie

Devant ce cher et modeste COLLIN.

Du Conseil, sur ce point, il est le plus malin.

XIX

Quartier du Val-de-Grâce

CAUBET

Publiciste

Du Comtisme expurgé trop bouillant défenseur,
CAUBET prétend en tout être un libre penseur !
Sur la foi de Littré, son infaillible maître,
Il croit qu'après la mort, on ne saurait renaître.

XX

Quartier de la Sorbonne

ENGELHARD

Avocat à la Cour d'appel

De raisons de Palais, d'arguments juridiques,
Dont il a plein son sac, on voit maître ENGELHARD
    Enguirlander ses discours méthodiques,
Mais de les dérouler comme il possède l'art !

SIXIÈME ARRONDISSEMENT

XXI
Quartier de la Monnaie

LAUTH
Chimiste-manufacturier

Lauth, esprit ouvert, diligent,

Presque toujours très-sensément raisonne ;

Et ce qu'il dit alors, chimiste intelligent,

Du meilleur sel il l'assaisonne.

XXII
Quartier de l'Odéon

GERMER BAILLIÈRE
Libraire-Éditeur

Germer Baillière, s'il médite,

Parmi les livres qu'il édite,

D'en avoir un de l'auteur de ces vers,

Verra son nom grandir et remplir l'univers.

2

XXIII

Quartier Notre-Dame-des-Champs

HÉRISSON

Avocat au Conseil d'État et à la Cour de Cassation

D'Hérisson l'on connaît l'air courtois, bienveillant,

La bouche souriante et le parler vaillant.

Certes, jamais savant, en classant la nature,

N'eut si doux hérisson dans sa nomenclature.

XXIV

Quartier Saint-Germain-des-Prés

BIXIO

Président du Conseil d'administration de la Compagnie générale
des Voitures de Paris

Sachant quels sont ses goûts, son rôle et sa nature,

De ce bon Bixio, non sans émotion,

Grave édile, j'attends certaine motion

Pour que tout conseiller ait cheval et voiture (1).

(1) M. Bixio est le syndic du Conseil municipal.

SEPTIÈME ARRONDISSEMENT

XXV

Quartier des Invalides

DELPECH

Docteur en médecine

Dans la discussion, à l'instar de l'obus,

DELPECH éclate et sait bien parler, mais, peut-être,

Pour garder l'estime du prêtre,

Ne repousse-t-il pas assez le *Syllabus*.

XXVI

Quartier de l'École-Militaire

HOVELACQUE

Professeur

HOVELACQUE est actif au travail, à l'étude ;

D'arriver des premiers il a pris l'habitude ;

Il écrit des rapports courts, lumineux, corrects,

Et s'il porte des coups, ils sont toujours directs.

XXVII

Quartier du Gros-Caillou

MORIN

Homme de lettres

Morin, pour éviter qu'un jour on nous enterre,

Voudrait nous brûler tous, il n'en fait pas mystère;

Mais c'est un bon vivant, qui mourra sans remords :

Il ne veut nous brûler que quand nous serons morts.

XXVIII

Quartier Saint-Thomas-d'Aquin

LIOUVILLE

Avocat à la Cour d'appel, docteur en droit

Nous croyons tous Liouville fort capable,

S'il en est prié, s'il le faut,

De soustraire aisément à l'infâme échafaud

La tête du plus grand coupable.

HUITIÈME ARRONDISSEMENT

XXIX

Quartier des Champs-Élysées

BRELAY

Propriétaire, ancien négociant

Brelay toujours exact, calme et discret,

Quand l'heure de se montrer sonne,

Est à sa place assis, mais a-t-il un secret?

Il ne le confie à personne.

XXX

Quartier du Faubourg-du-Roule

BINDER

Propriétaire, ancien juge au Tribunal de Commerce

Binder est un homme pratique,

N'ayant que peu de goût pour l'air des *Lampions*.

On ne le classe pas parmi les champions

De notre jeune République.

XXXI

Quartier de la Madeleine

WATEL

Entrepreneur de travaux publics

Prudent, habile et sage entrepreneur, WATEL
A le cœur excellent et l'âme bien trempée.
On ne le verra pas se percer d'une épée,
Comme son homonyme, un sot maître d'hôtel.

XXXII

Quartier de l'Europe

GOUDCHAUX

Ingénieur

En souriant, le prévoyant GOUDCHAUX,
Pour qui l'art du maçon vaut bien l'art poétique,
Avec du bon ciment et la meilleure chaux,
Tâche de se construire un fortin politique.

NEUVIÈME ARRONDISSEMENT

XXXIII
Quartier Saint-Georges

PRÉTET
Chef d'institution

Ennemi des débats vains et tumultueux,

Avec autorité formulant sa pensée,

PRÉTET a d'un recteur l'aspect majestueux,

Le calme solennel, l'allure compassée.

XXXIV
Quartier de la Chaussée-d'Antin

VAUZY
Avocat

Si, par esprit de corps, le doux VAUZY fait cas

De la loquacité de nos chers avocats,

Son hommage est discret, peut-être involontaire,

Car lui sait, à propos, et parler et se taire,

XXXV

Quartier du Faubourg-Montmartre

VIOLLET-LE-DUC

Architecte

A Viollet-Le-Duc, architecte éminent,

Demandez beaux palaïs, non rustiques chaumières.

Sur tous sujets, d'ailleurs, prenez son sentiment.

Le Conseil a souvent besoin de ses lumières.

XXXVI

Quartier Rochechouart

DUBOIS

Docteur en médecine

Toujours calme, Dubois, s'il nous faisait un cours,

Serait fort écouté, je gage ;

Nul n'interromprait son discours.

A parler plus souvent, en ami, je l'engage.

DIXIÈME ARRONDISSEMENT

XXXVII
Quartier Saint-Vincent-de-Paul

MARTIN (ANTIDE)
Rentier

Ferme républicain, d'apparence rustique,

Brave Antide MARTIN, que n'ai-je, de rentier

Appris, ainsi que toi, le ravissant métier !

Cela vaut mieux qu'écrire ou bien tenir boutique.

XXXVIII
Quartier de la Porte-Saint-Denis

HATTAT
Négociant

Je vous dis à tous, sans préface :

D'Annibal contemplez la face ;

Vous croirez reconnaître HATTAT,

Bien que du grand stratége il prise peu l'état.

XXXIX

Quartier de la Porte-Saint-Martin

GRIMAUD

Fabricant de cartes à jouer

GRIMAUD est-il partisan de Descartes?

Je n'en sais rien, mais s'il se pique au jeu,

Il n'est pas homme à prendre feu ;

Certes, ce n'est pas lui qui brouillera les cartes.

XL

Quartier de l'Hôpital-Saint-Louis

DUJARRIER

Graveur

Si vous trouvez un citoyen

Plus dévoué, plus franc, enfin un meilleur homme

Que DUJARRIER, notre doyen,

Vous pouvez l'aller dire à Rome.

ONZIÈME ARRONDISSEMENT

XLI
Quartier de la Folie-Méricourt

CADET
Négociant

CADET, s'il est cadet dans sa famille,
Ne l'est pas au Conseil, le fait est bien certain ;
Mais comme c'est surtout par le bon sens qu'il brille,
On ne le voit jamais prendre le ton hautain.

XLII
Quartier Saint-Ambroise

LEVRAUD
Docteur en médecine

Le sceptique LEVRAUD est un Samaritain
Qui rit de l'eau de Lourde et du saint Viatique.
Il n'est pas étonnant qu'il soit plus sympathique
A l'ouvrier qu'au sacristain.

XLIII
Quartier de la Roquette

MATHÉ

Propriétaire

Voltaire et moi dinions l'autre jour chez MATHÉ,

Qui, modèle accompli des bons propriétaires,

Au lieu de recevoir l'argent des locataires,

Leur en donnait — quel rêve ! — en leur offrant le thé.

XLIV
Quartier Sainte-Marguerite

PARENT (ULYSSE)

Artiste dessinateur

Son bon goût dans les arts est bien trop apparent,

Pour qu'on ne fasse pas un grand cas de PARENT.

Sa répartie est fine et prompte,

Et de son avis l'on tient compte.

DOUZIÈME ARRONDISSEMENT

XLV
Quartier du Bel-Air

MARSOULAN
Fabricant de papiers peints

MARSOULAN a chez lui de beaux et bons papiers

Qu'il n'est jamais tenu d'exhiber au gendarme ;

Mais que sauraient, en cas d'alarme,

Garantir nos braves pompiers.

XLVI
Quartier de Picpus

BOUÉ
Négociant

Des esprits et des vins, loyal représentant,

On ne voit pas Boué sans cesse argumentant ;

Mais comme il sait donner des raisons que l'on goûte,

Toujours quand il parle, on l'écoute.

XLVII

Quartier de Bercy

DUMAS

Agent général d'assurances

DUMAS assure, avec raison,

Que chacun dans Bercy l'estime.

J'ai la conviction intime

Qu'il doit être en tous lieux l'ami de la maison.

XLVIII

Quartier des Quinze-Vingts

HAMEL

Homme de lettres

Historien, HAMEL a de nombreux rivaux,

Mais il tient dans leurs rangs une place honorable.

A la postérité plus d'un fait mémorable

Passera grâce à ses travaux.

TREIZIÈME ARRONDISSEMENT

XLIX
Quartier de la Salpêtrière

LACROIX (Sigismond)
Publiciste

Voudraient-ils donc, les gens de la Salpêtrière,

Du fameux Godefroy relever la bannière !

Pardon du calembour — On le dit, je le crois,

Puisqu'ils ont pris Lacroix.

L
Quartier de la Gare

MARTIN (Georges)
Docteur en médecine

Si Georges Martin fait l'école buissonnière,

Escorté de bons chiens, et malgré pluie ou vent,

C'est qu'il est de Nemrod un disciple fervent.

Chacun peut bien tuer le temps à sa manière.

LI

Quartier de la Maison-Blanche

COMBES (Louis)

Homme de lettres

Muse, pourquoi faut-il que tu t'élèves

Contre un de mes anciens élèves!

COMBES Louis, à toi de l'assiduité

Le grand prix, si l'on dit que tu l'as mérité (1).

LII

Quartier Croulebarbe

COMBES (François)

Instituteur libre

La voix sourde de François COMBES

Semble monter du fond des Catacombes.

Mais ne prenons jamais pour lui le ton railleur :

C'est un bon conseiller, un rude travailleur.

(1) L'auteur a donné, en 1851, des leçons de latin à M. Louis Combes, sous les verroux de Sainte-Pélagie.

QUATORZIÈME ARRONDISSEMENT

LIII

Quartier de Montparnasse

MARTIN (LE COLONEL)

Le colonel MARTIN avec nos vrais guerriers,
— Comme le veut la rime, — a cueilli des lauriers,
Et, bien qu'il n'aime pas telle vieille culotte,
Il préfère toujours le casque à la calotte.

LIV

Quartier de la Santé

GRAUX (GUSTAVE)

Journaliste

Que GRAUX conserve la santé !

Bien par tous justement vanté,

Il saura, j'en suis sûr, acquérir de la gloire

Et conquérir ainsi sa place dans l'histoire.

3

LV
Quartier du Petit-Montrouge

LENEVEUX
Publiciste

On ne voit jamais LENEVEUX

Manquer de calme et de prudence,

Ni lasser le Conseil de téméraires vœux.

Il comprend vite et sait se rendre à l'évidence.

LVI
Quartier de Plaisance

JACQUES
Négociant

J'ignore s'il nous vient de Compostelle, JACQUES ;

Peu m'importe qu'il ait ou n'ait pas fait ses Pâques :

Mais je sais qu'à Plaisance il est de tous aimé :

C'est ainsi qu'on récolte, après avoir semé.

QUINZIÈME ARRONDISSEMENT

LVII
Quartier Saint-Lambert

HUBBARD
Avocat à la Cour d'appel

Rébarbatif, Hubbard gronde comme un torrent
Qui paraît devoir tout emporter dans sa course.
Mandrin n'oserait pas lui demander sa bourse !
Il est pourtant, au fond, doux, calme et tolérant.

LVIII
Quartier Necker

JOBBÉ-DUVAL
Artiste peintre

Avec Jobbé-Duval, artiste de talent,
Est-on d'accord ? Tout va comme sur des roulettes.
Soyez d'un autre avis ! Il devient violent ;
Il ne saurait souffrir ni croûtes, ni boulettes.

LIX
Quartier de Grenelle

MAILLARD
Avocat à la Cour d'appel

Veut-on, avec MAILLARD ayant maille à partir,

D'un projet ou d'un vœu le faire départir?

C'est besogne fort longue et vraiment peu commode.

Tant il est obstiné. J'aime mieux faire une ode.

LX
Quartier de Javel

CASTAGNARY
Journaliste

Toujours précis ; sans être un Démosthènes,

Parlant fort bien ; goûtant l'esprit d'Athènes,

CASTAGNARY, pour sa haute raison,

Fait regretter son bas diapason.

SEIZIÈME ARRONDISSEMENT

LXI

Quartier d'Auteuil

CERNESSON

Architecte

De CERNESSON la voix est douce,
Mais le ton parfois incisif,
Lorsqu'il arrive à la rescousse
En portant un coup décisif.

LXII

Quartier de la Muette

THULIÉ

Docteur en médecine

Athlète résolu, vigoureux, redouté,
THULIÉ, qui par sa science et par son esprit brille,
Prétend — je n'en crois rien — descendre du gorille.
S'il ne nous l'affirmait, qui s'en serait douté ?

LXIII

Quartier de la Porte-Dauphine

DELIGNY

Ingénieur

Heureux ingénieur, aux nobles sentiments,

C'est pour toi qu'on append timbales au cocagne :

Pour toi sont très-réels les châteaux en Espagne.

Hidalgo DELIGNY reçois mes compliments(1).

LXIV

Quartier des Bassins

CLAMAGERAN

Avocat

CLAMAGERAN, que chacun est avide

D'entendre, le sachant clair, concis et disert;

Ne fait jamais autour de lui le vide ;

Donc n'a pas ce chagrin : parler dans le désert.

(1) Le roi d'Espagne vient de le créer comte de Alosno y Huelva.

DIX-SEPTIÈME ARRONDISSEMENT

LXV
Quartier des Ternes

DE HÉRÉDIA
Propriétaire

Que dirai-je du calme et froid HÉRÉDIA,

Que la Havane, enfant, chez nous expédia?

On devrait allumer feux de joie et lanternes,

Lorsqu'on a, comme lui, gagné les plus beaux ternes.

LXVI
Quartier de la Plaine-Monceau

RIGAUT
Propriétaire

RIGAUT, dans son langage, a la précision

Qu'on obtient par l'emploi des formes laconiques.

Homme de sens et clair en toute occasion,

Il plairait en traitant des sections coniques.

LXVII
Quartier des Batignolles

LEVEL
Docteur en médecine

L'autorité municipale

Du Conseil à LEVEL semble faible et si pâle,

Qu'il voterait et ferait tout, dit-on,

Pour la fortifier et lui donner du ton.

LXVIII
Quartier des Épinettes

LEFÈVRE (ERNEST)
Publiciste

On aime l'esprit net et la voix de LEFÈVRE ;

Le plus suave miel semble humecter sa lèvre ;

Mais voit-il en péril les siens, son étendard !

Comme l'abeille il est prompt à lancer le dard.

DIX-HUITIÈME ARRONDISSEMENT

LXIX

Quartier des Grandes-Carrières

LAFONT

Publiciste

Doué d'un abord avenant,

Homme de sens, d'esprit, aimable et prévenant,

LAFONT pourrait, franchissant les barrières,

Se distinguer dans toutes les carrières.

LXX

Quartier de Clignancourt

SONGEON

Professeur

Lorsqu'au sein d'un débat l'intrépide SONGEON,

Afin de nous montrer son adresse et sa force,

Exécute un hardi plongeon,

Il en émerge vite, et sans gagner d'entorse.

LXXI

Quartier de la Goutte-d'Or

VAUTHIER

Ingénieur des Ponts et Chaussées

Intelligence alerte, esprit toujours lucide,

Traitant les questions avec autorité,

VAUTHIER de la raison est l'organe placide.

Nul n'est plus sûr que lui de la majorité.

LXXII

Quartier de La Chapelle

MANET

Avocat

MANET ne semble pas être de la famille

Des avocats verbeux dont le Conseil fourmille.

Attentif, réservé, quand il est au repos,

Du don de la parole il n'use qu'à propos.

DIX-NEUVIÈME ARRONDISSEMENT

LXXIII
Quartier de La Villette

DELATTRE
Avocat à la Cour d'appel

Tous nous reconnaissons que l'avocat DELATTRE
A, quand il le veut bien, de l'esprit comme quatre.
Mais cet esprit, parfois fantasque et pointilleux,
    Rend le préfet nerveux et sourcilleux.

LXXIV
Quartier du Pont-de-Flandre

BONNARD
Ingénieur-constructeur de matériel de chemins de fer et tramways

Très-positif, BONNARD, homme d'un grand bon sens,
Du centre de Paris jusqu'aux campagnes vertes,
    Voudrait voir les routes couvertes
De rails et de tramways serpentant en tous sens.

LXXV
Quartier d'Amérique

CATTIAUX
Médecin

Amateur des hauts lieux, ainsi que le condor,
De la butte Chaumont sur tous CATTIAUX plane.
Toujours prêt à donner : sirop, julep, tisane.
Qui le disséquerait trouverait un cœur d'or.

LXXVI
Quartier du Combat

MALLET
Fabricant de produits chimiques

MALLET est dédaigneux des futiles débats,
Ainsi que des projets que la raison repousse ;
Et, ferme comme un roc, malgré sa voix trop douce,
Ce n'est que pour le droit qu'il livre des combats.

VINGTIÈME ARRONDISSEMENT

LXXVII
Quartier de Belleville

BRALERET
Propriétaire

Bellevillois, je vous le dis, en somme,

Pour ses convictions que rien n'ébranlerait,

On doit estimer BRALERET.

Où trouver un plus honnête homme ?

LXXVIII
Quartier de Saint-Fargeau

MÉTIVIER
Docteur en médecine

Vous le comprenez tous, perspicaces lecteurs,

Si MÉTIVIER, pour rimer des ballades,

Négligeait de soigner, de guérir ses malades,

Les aurait-il pour électeurs ?

LXXIX

Quartier du Père-Lachaise

QUENTIN

Journaliste

D'un triton enrhumé, QUENTIN a la voix rauque,

Et même la prunelle glauque;

Mais, pour le Vatican, s'il n'est qu'un franc coquin,

Nous le tenons pour ferme et bon républicain.

LXXX

Quartier de Charonne

SICK (LÉON)

Avocat à la Cour d'appel

Par le Destin inscrit le dernier sur ma liste,

Avocat — c'est certain —, peut-être journaliste,

SICK n'a pas encor fait dans le monde grand bruit.

Il est comme une fleur dont on attend le fruit.

A PARIS

Paris, sur ton vaisseau, vieux marin, je navigue.
J'ai su tourner maint dangereux écueil;
Je suis ennemi de l'intrigue.
A ces portraits fais bon accueil.

Simple et naïf autant que l'était La Palisse,
Je les ai crayonnés sans fiel et sans malice.
Je ne rêvais pour eux que le toit d'un chalet.
Auront-ils pour logis l'hôtel Carnavalet?

Tu le sais, parmi nous il n'est pas un ilote.
Nous sommes pour le droit et les moyens légaux;
Chacun peut devenir capitaine ou pilote,
Quant cela plaît à ses égaux.

Ta symbolique nef d'une horrible tempête
A surmonté l'assaut, mais le choc fut si dur,
Que l'univers entier la salue et répète :
      Oui, *Fluctuat nec mergitur ! !*

Nous avons avec soin radoubé la carène
De ce vaillant vaisseau, réparé ses agrès.
      Dans une atmosphère sereine,
Le voici pavoisé, cinglant vers le progrès.

Loyola, dont la ruse est l'unique ressource,
Ne saurait désormais l'arrêter dans sa course.
      Au monde il n'est sabre ni goupillon
Qui puisse l'empêcher de tracer son sillon.

Triste réaction, lugubre et faux prophète !
Qui ne voit aujourd'hui combien tu te trompais ?
De tous les points du globe on vient à notre fête
      Du travail libre et de la paix.

Si mon début eut lieu sur une humble tartane,
Flots, partout j'ai bravé vos tragiques rumeurs.
      De la galère capitane
Enfin, je me dis l'un des quatre-vingts rameurs !

Je voulais, attendu qu'en ces vers, mon nom perce,
Garder l'incognito, comme le chah de Perse ;
Mais, dans mon intérêt, des gens m'ont dit : ici,
De par la loi, signez — Casimir Henricy.

A MES COLLÈGUES

DU CONSEIL

———

Messieurs, pour se venger d'anciens et méchants tours(1),

Le démon des quatrains m'obsède.

A son influence je cède,

Mais seulement pour quelques jours.

De vous étendre tous sur son lit de Procruste,

Ma Muse, ayant atteint l'âge de puberté,

Sans vous en prévenir, a pris la liberté ;

Car dans l'airain des temps ainsi vos noms j'incruste.

(1) J'ai violemment attaqué autrefois la poésie et les poëtes dans mon *Traité de la Réforme de l'Orthographe.*

Un vers de plus pour l'un, je ferais vingt jaloux.

A froisser ces derniers pouvais-je me résoudre ?

Dans ce cas, peu, je crois, auraient voulu m'absoudre.

D'ailleurs, je ne suis pas disciple de Falloux.

Ai-je dit tout ce que je pense

En quatre vers de chacun de vous ? Non.

Si quelqu'un croit cela, qu'il ait pour récompense,

A Bicêtre un beau cabanon.

Je n'accorde que peu d'estime

Aux interrupteurs enragés

Dont je suis trop souvent victime.

Quand seront-ils découragés ?

Pour moi tel est semblable à la mouche du coche,

Tel autre est un galet qui sur l'onde ricoche.

Si j'avais de la guerre arboré le drapeau,

De ceux-là j'aurais pu faire saigner la peau.

Ne voyez dans ceci qu'innocent badinage.

Sur mes intentions si quelqu'un s'est mépris,

Qu'il ne m'en veuille plus. Je me suis mis en nage

Pour être courtois, juste et vrai, sans parti pris.

Oui, de mes traits, aucun n'est forgé sur l'enclume,

Et ne saurait, dès lors, être bien dangereux.

Si j'avais pu blesser, j'en serais malheureux,

Effleurant doucement d'un léger coup de plume.

Nous combattons l'esprit de superstition;

Aux abus nous faisons une incessante guerre,

Et pour le Sacré-Cœur nous ne souscrivons guère.

C'est bien! Mais contrôlons l'administration.

Hardiment repoussons toutes les tentatives

D'empiétement sur nos prérogatives,

Et, pour braver les traits de la malignité,

Ayons toujours souci de notre dignité.

Malgré les factieux, malgré la sacristie.

Marchons droit devant nous, faisons notre devoir.

Nous aurons avant peu l'oreille du pouvoir

Et verrons accueillir nos vœux pour l'amnistie.

Quand même il s'agirait du célèbre VAUTRAIN,

Avant deux ans, de moi, vous n'aurez un quatrain.

Pour le moment l'étude du Digeste,

Me paraîtrait chose moins indigeste.

AU PRÉFET DE LA SEINE

La République, enfin, a sa statue
Dont l'aspect fait battre les nobles cœurs.
Mais que d'abus encor! Nous n'en serons vainqueurs
Que si dans nos conseils la sagesse statue.

Du maire carolingien,
Vous qui ne suivez pas la trace,
Puissant préfet, Monsieur Duval, de grâce,
Accordez-moi le bonnet phrygien.

Que de la Liberté nous en coiffions l'image!
J'aime par-dessus tout ce symbole immortel.
Bientôt mon culte aura, je l'espère, un autel.
En attendant ce jour, agréez mon hommage.

AU PRÉFET DE POLICE

———

Nulle part les esprits ne paraissent troublés ;
  Sans que les postes soient doublés,
La foule peut partout circuler, onduleuse
  Comme une vaste mer houleuse.

  Monsieur Gigot, lorsqu'on voit vos agents
Agir envers chacun d'une façon civile,
On s'étonne et l'on veut oublier les sergents
  De ville.

  O rêve des honnêtes gens !
  Par vos ordres intelligents,
A se faire estimer la police s'applique.
C'est le cas de crier : Vive la République !

Paris.— Imprimerie Motteroz, rue du Dragon, 31